J'aime pas le lundi

Jérôme Lambert

J'aime pas le lundi

Neuf

l'école des loisirs

11, rue de Sèvres, Paris 6e

Du même auteur à *l'école des loisirs*

Collection MÉDIUM

Tous les garçons et les filles
Meilleur ami
La cinquième saison (recueil de nouvelles collectif)

© *2010, l'école des loisirs, Paris,*
Loi n° 49.956 du 16 juillet 1949 sur les publications
destinées à la jeunesse : mars 2010
Dépôt légal : mars 2011
Imprimé en France par Hérissey
à Évreux (Eure)
N° d'impression : 116026

ISBN 978-2-211-20047-9

pour Pauline et pour Ondine,
que j'aime du lundi au dimanche

— Lemeur ! Vous dormez ?

Apparemment la question s'adresse à moi. D'ailleurs, étant donné le ton aimable sur lequel ces trois mots viennent de traverser la salle comme des boulets de canon, on ne peut pas exactement parler de question. On est plus proche de la gifle.

Quoi qu'il en soit, je suis le seul à porter ce nom dans cette classe de trente-quatre élèves et je ne peux pas faire semblant plus longtemps. Franchement, ça ne m'arrange pas. Je me serais bien passé d'un réveil aussi brutal. Parce que, pour répondre à la question du gracieux M. Pointelle qui me sert de prof de SVT, eh bien, oui, je dormais. Et profondément en plus. Je sais que je ne suis pas en position d'exprimer mon point de vue à ce moment précis, mais je le donne quand même : je déteste être réveillé brusquement.

Surtout pour entendre mon nom de famille hurlé par un petit caporal ventru du genre de Pointelle.

– Non, non, monsieur, je réfléchissais, lui ai-je répondu d'une voix de zombie.

On ne sait jamais, ça peut marcher.

– Eh bien, allez réfléchir en salle de permanence pendant deux petites heures et revenez quand ça ira mieux. Et vous passerez chez le CPE, histoire de lui faire part de vos réflexions.

Bon, ça n'a pas marché. Petit Caporal Ventru n'est pas idiot et il a du métier, de la bouteille, comme il dit. D'ailleurs il le répète souvent et à n'importe quelle occasion : « J'ai d'la bouteille, mes p'tits gars. Ne me prenez pas pour un imbécile. »

Je rassemble mes idées et mes affaires et je me lève, majestueux et réveillé. L'important, c'est d'avoir l'air digne en remontant l'allée qui mène à la porte. L'important, c'est que les copains sentent que je suis de leur côté, que j'ai tenu tête au prof, voire que c'est pas bien grave d'aller en perm' pour ça, que je m'en fiche complètement et que ça m'amuse plutôt. L'important, c'est d'avoir un petit sourire au coin des lèvres pour que les copains prennent mon inconscience pour du courage. L'important, c'est de regarder le prof dans les yeux et d'entendre les copains étouffer un rire complice.

Enfin, c'est important quand on a des copains.

Et je dois bien reconnaître que ce n'est pas ma grande spécialité. Je ne suis pas seul au monde dans ce collège, attention. Je ne suis pas un cas isolé qui passerait ses récréations assis en tailleur sur le bitume, s'agitant silencieusement d'avant en arrière pour tenter de communiquer mentalement avec ses amis les insectes. Mais disons que je ne suis pas non plus la nouvelle star de la cour.

J'ai un bon copain, Croûton, un héritage de l'école primaire. Bien sûr, il ne s'appelle pas Croûton. Il s'appelle Basile. C'était le seul de la classe de CP que j'aimais parmi les autres. Or les croûtons sont les seuls ingrédients que j'aime dans la salade César. Quand on s'est rendu compte vers le CM2 que nos prénoms n'étaient plus donnés à aucun enfant depuis plus de cent cinquante ans, quand on a découvert que nos parents respectifs étaient atteints du même mal qui consiste à infliger à leur progéniture des noms préhistoriques sans se soucier de leur vie future et de leur intégration sociale, on a décidé de prendre les choses en main et de rendre son surnom public. Alors voilà, c'est Basile qui a pris et qui est devenu Croûton. Il ne s'en est jamais plaint et c'est resté.

En matière de copains, on peut aller jusqu'à deux si on compte Rosa. Rosa, c'est la dame qui donne son nom au collège et dont le portrait est suspendu dans le hall d'entrée. Rosa est morte il y a cent vingt ans, on ne peut donc pas vraiment la considérer comme une copine. Pourtant je lui parle matin et soir quand je passe devant elle, c'est la moindre des choses. Elle est là tous les jours, elle a sûrement eu une vie chouette remplie de choses bonnes et justes, et pour la récompenser on donne son nom à un collège. Sympa. Ça ne donne pas envie de faire des choses bien dans la vie. Sur ce tableau, elle porte une grande robe noire avec un tas de nuances incroyables dont je n'aurais jamais soupçonné l'existence. Du noir mat, du noir brillant, du noir gris, du noir profond et moelleux comme du velours qu'on croirait vrai, du noir fluide et irisé comme de l'encre, ou du noir figé et texturé comme du charbon. Et un noir encore différent pour tous les petits boutons qui ferment son corsage. Une collerette en dentelle blanche assez rigolote forme comme une étoile tout autour de son cou et s'étale jusqu'à ses épaules, elle regarde au loin comme si elle attendait quelque chose ou quelqu'un pour la débarrasser de son ennui. Le tout appuyé sur un bœuf. Oui, oui, l'animal. Son bras droit est négligemment, mais élégamment posé à la perpendiculaire de son buste, elle tient un pinceau ou un stylo au bout des doigts, sauf que là où d'habitude, dans un tableau classique, elle se serait appuyée sur un fauteuil rouge très élégant, un chevalet de peintre ou même une grosse coquille Saint-Jacques dorée, eh bien, là, c'est un bœuf. Un bœuf roux et gras qui se demande bien ce qu'il fait là et qui fixe le spec-tateur d'un air pas commode et très stupide.

Un bœuf qui aurait pu être prof de SVT, par exemple.

Bref, Rosa est une copine, une amie personnelle, mais je ne préfère pas l'ébruiter, histoire qu'on ne me prenne pas pour un dingue.

Même Croûton ignore tout de mon amitié avec elle.

Voilà, on a fait le tour de mes amis, copains, proches et autres connaissances. Je sais, c'est peu, très peu, c'est un butin assez maigre pour un garçon de treize ans scolarisé et entouré de l'amour des siens, mais je n'ai rien à ajouter, personne d'autre à inscrire au palmarès. Pas même un chien fidèle ou un poisson rouge déprimé. Au sujet de l'amitié, je me rassure, si besoin, en pensant à une phrase que m'avait dite un jour ma douce et bouclée baby-sitter : « Ce n'est pas un ami que l'ami de tout le monde. » Contrairement à beaucoup de ces phrases d'adultes qu'on ne comprend pas à l'âge de huit ans mais seulement des années plus tard, celle-ci s'était plantée dans mon cerveau et quelque part dans ma poitrine et elle m'avait réchauffé.

Une fois sorti de la classe de Petit Caporal Ventru À Tête De Bœuf Roux, je me dirige vers la salle de permanence puisque telle est ma peine à purger. Je fais un petit détour pour passer devant Rosa, je lui dis qu'elle a de la chance de ne pas avoir SVT le lundi matin à 9 heures, et que Bonheur est tout de même un nom de famille beaucoup plus agréable à entendre au réveil que Lemeur, même si ça finit pareil. Elle ne réagit pas, mais je suis sûr qu'elle compatit.

Nous sommes quatre dans la salle de permanence et je me sens très seul au monde. Là, pour le coup, j'aimerais avoir un chien.

Je m'assois en soupirant. Je me demande ce que je vais faire de ces deux heures de vide absolu en dehors des exercices que Bœuf Ventru m'a ordonné de résoudre. Je sors machinalement un cahier et un crayon. J'essaie de dessiner Pointelle en train de brouter dans un pré. Sa panse tombe mollement sur l'herbe, des moucherons tournent autour de son énorme postérieur, et son regard est plus abruti que jamais. Je sais, et je n'en suis pas fier, ce n'est pas très noble, c'est une petite vengeance de ma part, mais c'est très Sciences de la Vie et de la Terre comme dessin finalement. Je suis un élève sérieux et concerné quand je m'y mets.

Malheureusement, ma petite blague ne m'amuse que cinq minutes et il m'en reste cent cinq à faire passer.

Je reste rêveur à contempler par les carreaux sales de la fenêtre le ciel qui est en train de se dégager, qui semble décidé à me laisser apercevoir un peu de bleu. Je dois ressembler à un penseur à l'air absent et vide. Ajoutez-moi une collerette et je serai le frère jumeau de Rosa dans son tableau.

J'aime pas le lundi.

J'aime pas Pointelle ni le CPE.

Pour faire court : j'aime pas le collège.

C'est dit.

C'est dit, c'est écrit et ça fait déjà trois lignes. Trois lignes en une minute, c'est un bon rendement pour un lundi matin.

Ce n'était pourtant pas compliqué ! J'ai trouvé

comment occuper les cent quatre minutes qu'il me reste à passer dans cette magnifique salle dont la peinture jaunasse et sèche forme des rouleaux craquelés aux angles du plafond : je vais dresser une liste. Une liste de tout ce que je n'aime pas puisque je suis parti sur ma lancée. Allez, au boulot, mon Lemeur ! Pas de quartier ni de bons sentiments.

Pour le coup, Bœuf Pansu aurait pu me mettre au moins trois heures de colle, ça m'aurait arrangé pour une fois. Deux heures, ça ne va pas me laisser le temps de finir ma liste.

*
* *

Voilà comment avait commencé ma semaine de cours il y a quelques jours de cela.

Mais le pire restait à venir.

Une des plus grosses épreuves dans ma vie quotidienne (à part les endives au jambon au dîner, mais pour ça, il me faudrait six heures de colle pour faire le tour du sujet et expliquer le problème), un des pires moments de mon existence est le matin. Je passe sur les étapes du réveil, de la douche, des vêtements à enfiler, du petit déjeuner et du «Lucien, tu vas être en retard» de mon père, immanquablement suivi du «Lucien, ta manche trempe dans ton bol» de ma mère. Car, pour moi, les vrais ennuis du matin commencent aux portes du collège.

Une première question: pourquoi tant de monde?

C'est une vraie question, je ne suis pas ministre et je ne lis pas les journaux, mais il y a un sérieux problème de logement des jeunes entre onze et quatorze ans dans ce pays. Une fois que les parents sont tranquillement partis au travail ou qu'ils ont chassé leur progéniture pour rester encore plus tranquillement à la maison, eh bien nous, on se retrouve à la rue. Voilà la vérité. Résultat : pagaille, hurlements et embouteillages.

Après avoir pénétré l'enceinte du bâtiment, le problème se complique, le goulot se rétrécit, et là, c'est le début de la fin. Il paraît que l'école existe depuis longtemps. Tous ces problèmes devraient donc être réglés. Pourtant, on assiste chaque matin au même spectacle de bousculade dans les couloirs. C'est inimaginable ce que le collégien moyen peut être motivé pour aller en cours. On dirait qu'ils font la course. Principalement les garçons. Ça veut toujours être premier partout, les garçons. Et ce sont les mêmes garçons qui passent leur temps à dire qu'ils détestent l'école, qui attendent la fin de la journée en trépignant, et qui refont la course dans l'autre sens à 17 heures pour être les premiers sortis. Moi, je pense être cohérent : je n'aime pas l'école donc je me rends en classe d'un pas lent et rétif.

C'est cohérent, mais c'est une mauvaise stratégie. On risque la mort par piétinement, on peut devenir sourd, perdre un œil, des poignées de cheveux, des lambeaux de vêtements et parfois même un cartable tout entier. Pénétrer dans un collège aux heures de pointe est une pratique extrême, un sport à haut risque. Le danger est partout. Les sixièmes crient comme des sixièmes (c'est une question de développement du cerveau, paraît-il), les cinquièmes écrasent les pieds, les mains, les visages et les sacs des sixièmes, et, tout en haut de la chaîne alimentaire, il y a les troisièmes. Sous prétexte que dans dix mois ils seront au lycée, les troisièmes se prennent pour les lions de la savane. Ils marchent à grandes enjambées, tapent tous les crânes à portée de main, et se permettent de faire la loi parmi les plus jeunes. Non, vraiment, les troisièmes sont atroces. Je crois qu'ils sont plus maléfiques que les cinquièmes qui sont pourtant des fennecs fourbes et cruels.

Moi, c'est pire que tout, je suis entre les deux. Les quatrièmes sont un peu les hyènes du collège : on mange les restes. Et n'étant pas particulièrement doué pour me défendre, ou trop endormi pour avoir de bons réflexes, je me retrouve invariablement ballotté entre les murs des couloirs ou entre deux bandes de babouins électriques. Je préfère me plaquer dos au mur dans l'escalier en attendant que le tsunami soit passé et que tout le monde soit rentré dans sa classe.

J'aime pas les sixièmes, ni les cinquièmes, encore moins les troisièmes.

Les quatrièmes, n'en parlons pas.

Une fois seul dans les couloirs déserts, je peux aller saluer Rosa et atteindre ma salle de classe à mon rythme. J'arrive toujours le dernier et mes profs pensent à chaque fois que je suis en retard d'au moins dix minutes. Ça me semble très exagéré, mais, si c'était vrai, cela représenterait à mon avis, et à l'échelle d'un cours de cinquante-cinq minutes, une marge de retard plus que raisonnable. Mais les profs sont rarement de mon avis et je n'échappe pas au comité d'accueil.

— Ah, quelle surprise ! Monsieur Lucien arrive après tout le monde ! Monsieur Lucien avait sans doute mieux à faire que de venir étudier des matières qu'il déteste par-dessus tout, n'est-ce pas, monsieur Lucien ?

Ça, c'est Mme Bachelet, la prof d'histoire. Toujours plus maligne que tout le monde. Tout ça parce qu'elle est belle, qu'elle a des yeux de pierre précieuse et une peau de pêche, elle s'imagine qu'elle peut tout se permettre. Ceci dit, elle est dans son droit : elle est professeur, je suis élève, mais quand même, il y a une injustice là-dedans. Tout ce que je lui demande, c'est d'arrêter avec ses « monsieur Lucien » à tout bout de champ. Ça me stresse. C'est comme si elle me plantait une aiguille dans les fesses à chaque fois. Et un « monsieur Lucien » pour le retard du lundi, et un « monsieur Lucien » pour le retard du mercredi matin, un « monsieur Lucien » pour le retard groupé des deux heures du vendredi, et un dernier « monsieur Lucien » pour la route. Son seul but semble être de me coller la honte devant les copains. Enfin, devant Croûton, je veux dire.

Désolé, madame Bachelet, je n'ai même pas honte. En général, je ne réponds rien, je baisse la tête en grognant et je fonce m'installer sur ma chaise. Plutôt au dernier rang.

J'aime pas l'Histoire. Pas de ma faute.

Je suis pas contre Mme Bachelet, mais non, non et non, j'aime pas l'Histoire.

Bref, voilà comment habituellement les choses se passent et me dépassent, et voilà pourquoi je déteste le matin au collège. Il n'y a rien de drôle à rester échoué dans un couloir vide après le passage de la marée humaine, accroché lamentablement à un portemanteau par un troisième de deux mètres vingt (ça m'est arrivé UNE fois), ou bien à finir scotché contre le menu de la cantine. Ça, c'est mon quotidien et je n'y prête même plus attention. Mais ce fameux lundi dernier, juste à la fin de la récréation du matin, au lieu de me prendre un simple cartable dans la face ou d'être arrêté dans mon élan par un innocent sac de sport de trois kilos, c'est sur Fatou que j'ai atterri.

Bing! Stoppé net.

Il faut préciser que bousculer Fatou n'est pas une très bonne idée. Même si on n'a pas fait exprès. Cette excuse enfantine ne marche pas dans le cas présent. Il faut préciser aussi que Fatou est grande, très grande, trop grande. Plus grande que moi en tout cas. Elle a des épaules rondes de sportive, une couleur différente sur chaque ongle de ses mains, des perles dans les cheveux, elle fait un peu peur aux filles comme aux garçons. Et comme les garçons sont de gros lâches, ils préfèrent être gentils avec elle de peur qu'elle ne se fâche. Du coup tout le monde l'adore.

Sauf moi.

Je ne peux pas la voir. Elle m'énerve. Elle joue les cheftaines parce qu'elle se sait crainte par ses congénères, elle use et abuse de son pouvoir et elle a une voix caverneuse, ce qui n'est pas très féminin. Je ne suis pas contre le fait que quelqu'un ait une petite cour à ses pieds un entourage de serviteurs prêts à toutes les humiliations pour obtenir les faveurs de leur maître ou de leur maîtresse, après tout si certaines personnes trouvent du plaisir dans le fait de manger la poussière chaque jour, tant mieux pour elles. En revanche, ce qui me dérange, c'est quand le tyran qui règne sur ses sujets en profite et exige de chacun un peu plus chaque jour. J'ai toujours peur que les gens se perdent eux-mêmes, qu'ils ne se retrouvent plus et ne comprennent que des années plus tard, enfin libérés, à quel point ils furent malheureux. Sans parler du nombre d'années supplémentaires pour soigner tout ça, se restaurer, se reconstruire vraiment. Je crois que les mécanismes qui régissent nos cœurs sont beaucoup plus fragiles qu'on ne se le figure. Ça ne veut pas dire qu'on est en sucre et qu'il faut vivre à Disneyland. Pas du tout (d'ailleurs, au passage, j'aime pas Disneyland). Il faut juste avoir à l'esprit que nous ne sommes pas invincibles.

Bref, les tyrans ne devraient pas abuser des bonnes choses et encore moins des bonnes gens. Mais Fatou n'a pas l'air de partager mes convictions démocratiques et ne s'embarrasse visiblement pas de tant de scrupules. J'ai déjà dit en public que je ne l'aimais pas. Parfois même devant ses meilleures amies (elle en a au moins vingt-quatre). Mais sa meilleure amie, vraiment meilleure, c'est en fait la pire fille du monde : c'est Sandra Pichu. Sandra Pichu et ses narines sales, Sandra Pichu et ses cheveux dans les yeux qu'elle dégage d'un mouvement de tête toutes les trente secondes, Sandra Pichu et sa tonne de petits bracelets de pacotille, Sandra Pichu et son patchouli, Sandra Pichu et ses « Ah ouais, d'accord, je vois ». Cette fille est un remède contre l'amour. C'était en cinquième et j'ai dit devant elle ce que je pensais de son adjudante d'amie, tout en sachant que cette fouine de Sandra Pichu irait lui répéter le plus tôt possible. Peu m'importait, je ne voulais pas courber l'échine, je voulais dire ce que je pensais. Une fois de plus, le courage et la cohérence ne paient pas. Fatou l'a su et j'ai vite compris qu'elle allait me détester et guetter le moindre faux pas pour me faire payer mon insolence.

J'avais raison. Dès ma collision matinale de lundi, dès que j'ai eu compris ce qui s'était passé et pourquoi j'avais si mal au nez et au menton,

dès que j'ai eu compris que je venais de percu-
ter Sa Majesté Fatou Ze First, j'ai senti que je
n'allais pas m'en tirer comme ça et qu'elle allait
me faire passer un sale quart d'heure. Et en public
de préférence.

Inspirant ce qui allait sans doute être ma
dernière bouffée d'air avant une mort certaine,
j'ai relevé la tête et j'ai vu ses yeux noirs fixés sur
moi.

— Toi là, a dit Fatou d'une voix de pit-bull.
Toi, je t'aime pas.

— Moi non plus, ai-je répondu sans réfléchir.

— Mais alors pas du tout, a-t-elle précisé.

— Moi non plus. Pas du tout.

— Ah ouais ?

— Ouais

— Très bien.

— Parfait.

— OK.

— Dak.

— C'est bon.

— Ouais.

— Pas de problème.

– Ça roule.

– Nickel.

– Ben ouais, nickel.

Je commençais à trouver ça drôle, mais Fatou a abrégé notre partie de ping-pong.

– Allez, va-t'en ou ça va mal finir, a-t-elle conclu en grognant.

Je n'ai pas traîné parce que je sentais qu'elle était très sérieuse et que les petites veines qui courent le long de ses tempes se mettaient à gonfler, ce qui est mauvais signe, même si je trouve ça mignon chez elle. On dirait un ruisseau qui enfle. On dirait un point faible dans son armure.

J'ai donc tourné les talons, relevé le menton (qui bleuissait à vue d'œil) et suis parti vers le bout du couloir, incapable de savoir dans quelle classe j'avais cours, si j'étais au bon étage et quelle matière m'attendait pour commencer la journée. J'avais la tête trop encombrée et les jambes trop cotonneuses pour réfléchir à ce genre de considérations futiles. Le plus important, c'était de ne pas saigner du nez. Ça fait gamin. Saigner du nez en public, c'est comme venir au collège tout nu ou oublier de fermer la porte des WC du premier étage. Ou sucer son pouce en classe et se faire repérer. Un cauchemar planétaire. Un coup à s'enfouir la tête sous terre pour au moins dix ans. Le temps que les gens oublient. Ou qu'ils meurent. Je ne sais pas pourquoi je suis bloqué sur ça, je n'ai jamais beaucoup saigné du nez au primaire pourtant, mais cette image me panique.

J'aime pas saigner du nez devant les gens.

J'aime pas saigner du nez tout court.

Tout bien réfléchi, j'ai trouvé mon petit échange avec Fatou plutôt agréable. Au fond, on était d'accord elle et moi. Ce qui n'est pas donné à tout le monde.

Être d'accord avec quelqu'un n'est pas une chose facile, mais être d'accord avec Fatou, même pour se dire qu'on se déteste mutuellement, cela relève de l'exploit.

Mon menton virait· au violet, mon nez commençait à tripler de volume et j'aimais bien le genre mauvais garçon que ça me donnait.

– Mauvais garçon des bacs à sable, oui ! m'a précisé Croûton quand je lui ai fait part de mon nouveau style sur le chemin du retour.

À quoi ça sert d'avoir la bonté de garder un ami depuis le CP si c'est pour entendre ces paroles sortir de sa bouche en guise de réconfort ? Il y a des jours où je me dis qu'il ne me mérite pas et où j'ai vraiment envie de le laisser tomber comme un vieux sac de sport après trois heures d'EPS. D'autres jours, je me dis que sans lui, je serais depuis longtemps desséché dans un coin de ma chambre en train de manger des corn-flakes sans lait ou du cassoulet froid à même la boîte.

Après tout, c'est mon ami, je le garde. On n'a pas fait tout ce chemin ensemble pour rien.

Et puis nos parents ne s'en remettraient pas.

Bon, c'est vrai, je l'admets : ça m'arrive très rarement d'être d'accord avec d'autres personnes. On dit que j'ai mauvais caractère. On dit ça.

Moi, je ne suis pas d'accord. Il est possible que je sois un peu dur comme garçon. Plutôt comme un caillou que comme un rocher, mais dur quand même. Je ne suis pas très sentimental, pas très expansif. J'ai besoin de silence régulièrement. Si on compte bien, et même en comptant Rosa, j'adresse la parole à peu de gens dans une journée. Disons dix personnes, parents inclus. Certains appelleront ça faire la gueule, moi je dis que c'est un caractère, une nature. Enfant, je n'étais pas persuadé d'appartenir au règne humain. Je me voyais bien en plante, en arbre, en lichen accroché peinard à son écorce. Ou en caillou, on y revient. Les cailloux me paraissaient les êtres les plus enviables de la Création. D'abord parce qu'ils ne s'embarrassent pas de savoir s'ils sont heureux ou non. Ils sont. Point barre. Ensuite parce qu'ils sont toujours bien là où le destin les a posés. Un caillou ne dépare jamais son environnement. Même un galet de plage qui se retrouverait par un concours de circonstances au milieu d'une forêt aurait toujours l'air à sa place. Il ne serait ni trop plat, ni trop salé, ni trop joli. Et je suis sûr que les autres cailloux de la forêt l'accueilleraient sans préjugés. Les cailloux ne jugent pas, les cailloux ne se plaignent pas. Les galets de plage, toujours eux, passent tous, à un moment ou un autre de leur existence de galet, par l'étape «poche de pantalon ou de doudoune en plein hiver». Que ferait un être humain si on le délogeait de son lit un 12 janvier, sans lui donner la moindre explication ni aucune chance de plaider sa cause? Eh bien, les galets de plage, eux, ne bronchent pas. La plupart du temps, les gens qui les ont ramassés et posés sur leur étagère en souvenir de cette merveilleuse promenade sur le sable en plein cœur d'un froid polaire finissent par oublier jusqu'à l'existence des galets ainsi rapportés. Pourtant ces derniers ne disent toujours rien. Ils sont même plutôt contents de leur sort, je pense. Ils sont polis. Sans jeu de mots.

Bon, j'arrête sur les cailloux. Je suis censé avoir dépassé ma phase Amis Imaginaires. Je me le répète souvent, quand je me surprends en pleine conversation avec mon tee-shirt préféré ou mon iPod :

— Lucien, on ne parle pas aux objets.

Donc, malgré mon côté un peu, disons, hyper-calme, je me trouve plutôt agréable à vivre, mais ma famille n'a pas l'air du même avis. Je la soupçonne d'être de mauvaise foi. Ma mère, par exemple, me reproche de ne pas aimer des tas de trucs à la maison. Prenons au hasard ses endives au jambon. Au mieux, le plat est réussi et le fromage a bien gratiné sur le dessus, il continue de mijoter, de crépiter et de faire exploser ses petites bulles dorées à peine arrivé sur la table, et on le mange en espérant qu'il y en ait encore et encore parce qu'il faut bien avouer que c'est un délice. Ensuite, une fois le fromage disparu, vient le désenchantement. On se retrouve face à une sorte d'amoncellement mou de jambon chaud qui baigne dans un jus glauque. Les endives se comportent comme d'habitude : verdâtres, ternes et pas très appétissantes. Elles ne font aucun effort pour être mangées, pour séduire les yeux, les narines, les papilles. Rien. Et je ne parle même pas de leur goût. Ma théorie est que dès qu'un fabricant – de médicaments par exemple – veut obtenir le pire goût qui soit, il y injecte de l'essence d'endive. L'endive est l'amertume légumifiée. Dans ces cas-là, autant garder le meilleur du meilleur et faire un gratin de fromage. Là, vous êtes sûrs de ne pas décevoir.

Mais il y a pire que le coup du fromage dissimulant perfidement l'infamie. Il y a le cas où le plat est raté. Si, par exemple, le temps a manqué en cuisine et qu'on a opté pour le micro-ondes au lieu du four traditionnel, c'est la consternation. Le jambon est gris, les endives sont grises, le jus est gris. La soirée est grise.

Voilà, je ne chargerai pas davantage les endives au jambon car il existe sûrement en France un comité de défense pour me tomber dessus si je continue. Et s'il n'existe pas, ces quelques lignes en justifieraient la création.

Une précision très importante : cela n'est pas une attaque personnelle contre les endives au jambon de ma mère. Il s'agit d'une opinion générale. Message reçu, maman ?

Pour en revenir à mon prétendu sale caractère, mon père, lui, affirme, entre autres calomnies, que c'est une corvée de faire les courses avec moi tous les samedis après-midi.

Extrait :

— Lucien, tu remets TOUT DE SUITE ces endives dans le caddie. Notre mission est de le remplir à ras bord avant cinq heures de l'après-midi pour nourrir notre tribu pour une semaine entière. Je te rappelle qu'une semaine comporte quatorze repas, sans compter le matin, et qu'on ne peut pas manger tous les jours du fromage fondu. Alors tu me laisses choisir ce qu'on va acheter parce que si je t'écoutais on n'achèterait rien étant donné que tu n'aimes rien. Si tu veux qu'on passe un bon moment dans ce supermarché, tu arrêtes immédiatement de faire cette tête de condamné à mort et tu vas plutôt me chercher du jambon blanc au rayon charcuterie. On se retrouve aux lessives dans deux minutes. Suis-je bien clair ?

Oui, papa, tu es bien clair, et oui, je suis victime d'une malédiction au niveau des endives et du jambon. S'il aime ça, remplir son caddie, tant mieux pour lui, mais pourquoi m'entraîner avec lui ? Si c'est pour acheter tout le temps les mêmes choses, j'ai mieux à faire de mon samedi. Enfin, je pense que je pourrais trouver mieux si je me penchais sur la question.

Quant à mamie, car elle s'y met aussi à l'occasion, elle trouve scandaleux que je n'aime pas le «foutballe» à mon âge. Oui, mamie prononce «foutballe» depuis toujours, ne me demandez pas pourquoi, ça doit remonter à très loin dans l'Histoire et ce n'est pas à son âge qu'elle va changer. Ça doit être de l'ancien français. Et pour répondre à sa question, oui en effet, on aime le foot en général à mon âge. ET ALORS ? Est-ce que j'ai une tête à faire du foot le mercredi ? Non, je n'aime pas le foot en particulier ni les sports collectifs en général. Ça ne veut pas dire que je suis un cas perdu et ça n'a rien à voir avec le fait d'avoir mauvais caractère. Ce n'est pas obligatoire dans l'existence d'un homme de savoir marquer un but dans la boue en short, que je sache. Des tas de gens réussissent leur vie sans enfiler une paire de crampons, non ?

Et sans manger d'endives.

Enfin, j'espère, sinon les soixante prochaines années s'annoncent mal pour moi.

Le mardi, je me suis réveillé de bonne humeur. Ça m'arrive.

Je m'étais fixé une mission la veille : tout savoir sur Rosa Bonheur. Et je l'ai fait dès le saut du lit. Je me suis renseigné (enfin, Google et moi on s'est renseignés) : Rosa était peintre. Pas facile d'être femme et peintre à son époque apparemment. Je la trouve très belle sur les portraits d'elle que j'ai vus. Même sans bœuf à côté. À propos de bœuf, j'ai compris le coup du portrait d'elle au collège : elle peignait beaucoup les animaux de la campagne et en particulier ceux des travaux agricoles. Donc surtout des bœufs. Mais aussi des veaux lunaires, des taureaux vigoureux, ou encore des scènes de chasse avec des chevaux et des chiens à l'air misérable. Je ne suis pas fan de ses tableaux. J'aime pas ta peinture, Rosa, désolé (je ne lui dirai pas comme ça). Mais j'aime bien ta vie. On dirait que tu t'es battue et j'aime bien ça. Battue pour imposer ton art à ton père qui en avait honte, battue pour les deux femmes que tu as aimées jusqu'à tes derniers jours, battue pour être reconnue en tant qu'artiste comme seuls les hommes l'étaient dans les expositions à l'époque. Toutes ces batailles t'ont quand même amenée à être la première femme artiste de l'histoire de France à décrocher la Légion d'honneur. On pense ce qu'on veut des décorations et des médailles, mais elles ont au moins le mérite de prouver que ceux qui les remettent savent faire des progrès et élargir un peu le champ de leur admiration. Bien joué, Rosa. Je suis fier d'être dans ton collège.

Elle a peint une lionne aussi. Dans un tableau daté de 1872, allongé sur un tapis de mousse en haut d'une chaîne de montagne, l'animal dégage quelque chose de doux et de puissant. J'ai pensé à Fatou. Je vais éviter de lui dire, ça peut vexer.

Une fois mes recherches terminées, je suis descendu à la cuisine, je me suis installé devant mon bol de chocolat chaud et, au lieu d'engloutir toute denrée comestible dans un rayon de quinze centimètres comme j'en ai l'habitude et comme tout adolescent normalement constitué le ferait, j'ai attendu que le temps passe en regardant les bourgeons verts des arbres par la fenêtre. Sans rien dire. De l'extérieur, je devais avoir l'air d'un parfait abruti. Je ne m'en étais pas rendu compte avant, mais c'est une activité que j'aime bien, contempler. Ne rien faire que regarder et laisser la pensée s'écouler doucement. Surtout le matin. Ça aide à entrer dans la journée en douceur. Ça demande peu d'efforts et ça apporte beaucoup de réconfort. Et c'est gratuit. Les choses gratuites et agréables sont nombreuses paraît-il, mais personnellement, je n'en connais pas encore tant que ça, alors j'en profite quand j'en trouve.

Maman a posé sur la table une corbeille pleine de tranches de brioche passées au grille-pain et je me suis jeté dessus. Ensuite, j'ai bondi de ma chaise, j'ai attrapé mon cartable et j'ai foncé vers la porte après avoir claqué un bisou sur la joue de maman qui m'a regardé partir avec des yeux ronds. On aurait dit qu'une troisième narine venait de pousser au bas de mon nez (violet) et que mes cheveux étaient devenus verts pendant la nuit (ce qui se marie bien avec le violet). Elle n'en revenait pas, du coup de la bise avant le collège. J'espère pour elle qu'elle s'en remettra. Les mères se remettent d'un tas de choses que beaucoup d'entre nous ne pourraient même pas encaisser.

Arrivé à l'école, j'ai plongé dans le tsunami à toute vitesse car j'étais vraiment en retard. À cause des feuilles par la fenêtre. À cause de l'odeur de la brioche grillée, à cause des petits morceaux de fraises coincés sous ma langue, à cause du soleil qui s'étalait sur les sets de table. Ça prend du temps de passer des bons moments, en fait. Mais on ne le regrette jamais. C'est comme si on engrangeait des provisions douces dans lesquelles on pourra venir piocher quand tout nous semblera triste et gris.

Dans la classe, je me suis assis à ma place,

presque heureux d'être à l'heure, presque joyeux de voir ma prof en face sur l'estrade, et j'ai senti un truc sous mes fesses. Je n'ai pas osé regarder tout de suite et j'ai attendu que Mme Bachelet tourne le dos pour écrire des dates quelconques au tableau (c'est son métier). Sur ma chaise, il y avait un morceau de papier plié en quatre. Un petit mot, comme on dit. Mon premier petit mot. J'ai repensé à tous les films stupides que j'avais vu, au sens du mot « secret » et je me suis demandé combien de battements de cœur le corps humain pouvait supporter en une seconde. J'ai hésité. J'ai transpiré. J'ai hésité encore. Il fallait me décider ou le petit mot allait finir en papier mâché sous mes doigts transformés en chutes du Niagara. Alors je me suis décidé à l'ouvrir tout doucement, en luttant contre la précipitation, et d'une écriture ronde et bleue sur des petits carreaux, j'ai lu :

Lucien,
je ne t'aime décidément pas du tout.
                              Signé : Fatou

Je ne voyais pas à quoi ça servait d'écrire ce genre de chose, mais ça rimait. Il y avait peu de chances pour que Fatou eût décidé de m'écrire un haïku dans la nuit ; son message devait donc juste vouloir dire qu'elle ne m'aimait vraiment pas et qu'elle tenait à me le signifier par écrit. Une sorte de déclaration de guerre. Je me suis demandé, une fraction de seconde plus tard, comment elle avait réussi à déposer son papier sur ma chaise (comment a-t-elle su que c'était ma chaise ?) alors qu'on n'est pas dans la même classe. Et quand avait-elle agi ?

Les mystères du cerveau féminin m'échappent, et, si certains préfèrent s'en moquer et penser que les filles viennent d'une planète différente des garçons, je me dis plutôt qu'on devrait y réfléchir. Ou peut-être est-ce qu'on ne trouve pas de réponse à ce sujet dans la réflexion. Peut-être devrait-on essayer de comprendre comment certaines subtilités nous échappent au lieu d'essayer de savoir pourquoi elles nous échappent. Comment les deux lignes désagréables et sèches de Fatou avaient-elles le pouvoir de changer mon cerveau en mélasse, et comment s'y prenait-elle pour que son prénom écrit à la main sur une feuille de classeur remplisse mon corps de coups de tambour assourdissants ?

*
* *

À la récréation, j'ai suivi dans les couloirs le troupeau de macaques agités des garçons en évitant la bande de belettes hurlantes des filles.

J'aime pas les filles. Elles me font peur. Et elles crient. Souvent. Fort. Et pour un rien. Les filles crient quand elles sont folles de joies, folles d'émotion, folles de rage, folles d'amour et folles de tristesse. Ça fait beaucoup d'énergie pour rien et ça abîme la peau du visage, me dit mamie qui a toujours des idées définitives sur beaucoup de choses de la vie. Depuis quelque temps je ne gobe plus tout ce qu'elle dit, mais quand j'étais enfant, j'avais l'impression qu'elle détenait toute la Sagesse du Monde et connaissait tous les Secrets de la Nuit des Temps.

Folles ou pas vraiment folles, rides prématurées

ou non, j'ai quand même évité les filles dans le couloir et, juste avant la porte de sortie, j'ai bifurqué vers la droite car je venais d'apercevoir par terre le sac à dos de Fatou. Un des seuls qui ne soit pas rose. C'était inespéré et toutes les stratégies compliquées que j'avais eu le temps d'élaborer pendant les heures de cours précédentes se sont évaporées en faisant des gros «Bamf» dans ma tête. Je me suis faufilé comme un Sioux (j'aime pas les Sioux, ils me font peur aussi) et j'ai glissé dans une des poches de devant le petit mot que j'avais écrit pour elle. Si je m'en souviens bien (et je m'en souviens très bien), il disait:

Chère Fatou,
ça ne me dérange pas du tout que tu ne m'aimes pas.
Mais alors pas du tout.
Parce que moi non plus.

Signé : Lucien

Ça ne rimait pas, mais au moins ça voulait dire quelque chose.

Cet échange inoubliable m'a fait penser que, la veille, pendant mes deux heures de retenue, je n'avais pas eu le temps de terminer ma *Liste De Choses Que Je N'aime Pas*. Je me suis promis de m'y remettre le soir même à la maison.

La journée est passée et je n'ai pas croisé Fatou. Tant mieux parce que je ne vois pas ce que j'aurais bien pu lui dire. Journée calme donc : un ballon de volley écrasé sur mon nez en EPS, des endives au jambon à la cantine, un Croûton un peu déprimé par son dix-sept et demi en français, et une récré de 16 heures plutôt divertissante : nous avons pu assister à l'entraînement de la toute nouvelle bande de pom-pom girls (prononcez *cheerleaders*) de l'équipe de foot du collège. Je n'avais jamais rien vu d'aussi drôle depuis longtemps. Sept filles et un garçon (un peu perdu sans doute mais courageux) qui s'agitent dans un coin de la cour en épelant le nom de l'équipe à tue-tête (c'est-à-dire, je cite, L.E.S. G.A.U.F.R.E.S., ne me demandez pas pourquoi, je n'en sais rien et je ne veux pas le savoir. Il paraît que ça vient du nom du capitaine de l'équipe, genre le garçon en question s'appellerait Gaufrette), des bras qui se tendent, des dents qui éclatent de blancheur et des nouvelles baskets tout droit sorties de chez Auchan. Franchement, mes camarades regardent beaucoup trop de films américains, mais si ça nous vaut une fête de fin d'année aussi drôle que leur première répet', je suis prêt à soutenir l'équipe de pompom-girls-and-boy financièrement.

Mais une journée au collège n'est jamais vraiment finie. Tant que vous n'êtes pas sorti de l'enceinte du bâtiment, tant que vous n'êtes pas chez vous, dans la sécurité de votre chambre, de vos toilettes ou de votre canapé préféré, tout peut encore arriver. Et, ce mardi-là, tout arriva.

À l'heure de la sortie, alors que je me dirigeais tranquillement vers le portail, j'ai senti un poids écrabouiller mon pied gauche. J'ai regardé par terre pour comprendre ce qui avait provoqué une douleur aussi violente sur mes cinq orteils innocents, et j'ai découvert une autre tennis plaquée sur la mienne. J'ai levé les yeux pour voir à qui appartenait cette chaussure : Fatou. Elle se tenait juste devant moi (dont une partie sur moi, ne l'oublions pas), les mains posées sur les hanches avec un petit sourire tordu. Elle m'a regardé droit dans les yeux :

– J'ai deux mots à te dire, monsieur Lucien.

Qu'est-ce qu'elles ont toutes avec leur «monsieur Lucien», c'est un complot ou quoi ? Mais je n'ai rien dit sur le moment, l'humeur ne semblait pas à ce genre de détails. L'humeur était à la sobriété.

– Ouaip, j'ai fait en m'efforçant de ressembler le plus possible à un cow-boy. Je t'écoute.

– Alors comme ça, tu ne m'aimes pas non plus ?

Apparemment, elle avait trouvé mon petit mot. Je ne pouvais pas me dégonfler.

– Nan, j'ai répondu.

Je sais, c'est une réponse très courte, mais je vous rappelle que mon pied gauche était en train de mourir sous le sien.

– Et il paraît même que tu n'aimes rien. C'est ce qu'on dit.

– Je sais.

On aurait dit un duel. Avec de grands silences entre chaque mot. Il ne manquait que les portes du saloon qui claquent, un buisson desséché qui traverse la route poussé par le vent, et un coyote qui hurle à la mort. Pas évident à trouver dans le coin, un coyote. Quant au saloon et au buisson, autant faire une croix dessus.

Je regardais les perles multicolores au bout des tresses de Fatou. Je me concentrais sur chacune d'entre elles comme si je devais les pulvériser du regard.

Elle a repris :

– Ça tombe bien, moi non plus j'aime rien.

– Ah ouais ? j'ai dit sans trop la croire.

– Ouais, a répondu Fatou sans trop cligner des yeux.

J'ai senti que je devais relever le défi. Quand on a une réputation, même si elle est partiellement fausse et exagérée, autant jouer le jeu et le jouer jusqu'au bout.

– Peut-être que tu n'aimes rien, mademoiselle Fatou, mais personne n'aime rien autant que moi. Enfin… j'aime rien plus que personne ne peut… je veux dire… personne ne peut aimer aussi peu de choses que… Tu vois ?

Le shérif commençait à perdre du terrain, j'ai préféré finir ma phrase en claquant la langue. Je ne sais pas pourquoi j'ai fait ça, c'est un truc que j'avais vu à la télé et que j'expérimentais pour la première fois. J'ai vite compris que ça ne marchait qu'à la télé. J'aime pas la télé.

— OK, a repris Fatou un peu surprise et dans l'attente d'une vraie suite de ma part. Je vois. Bon, je te propose une chose : ce soir, on prépare chacun de notre côté une liste de ce qu'on n'aime pas. On a même toute la journée de mercredi pour ne pas se tromper et ne rien oublier. Jeudi matin, on échange nos listes et on verra bien qui gagne. Celui qui déteste le plus de choses au monde l'emporte. Ça marche ?

— Ça marche, ai-je répondu en topant dans sa main.

Superdouce, sa main.

Le troupeau qui s'était formé autour de nous s'est dispersé comme un vol de vautours déçus.

La ville a repris son activité normale et les cow-boys ont rejoint leur chaumière.

J'ai serré les dents jusqu'au coin de la rue pour marcher droit malgré la récente métamorphose de mon pied gauche en galette bretonne. Après, j'ai pu boiter tranquillement jusqu'à la maison. J'avais sûrement l'air d'un clown mais j'étais rageusement content : avec mes deux heures de colle de la veille, j'avais une avance considérable sur Fatou niveau liste. C'était presque gagné.

Le soir, dans ma chambre, j'ai relu le papier plié en quatre qu'elle avait glissé sur ma chaise le matin. Pour être plus exact, je l'ai lu, et relu, et re-relu. Je ne sais pas combien de fois, mais ça m'a pris du temps et de l'énergie de me concentrer ainsi sur son écriture douce et ronde. En tout et pour tout, elle avait écrit dix mots. J'ai passé la soirée à les regarder, comme s'ils étaient des images, comme s'ils me parlaient directement et qu'ils me disaient des choses que j'étais seul à pouvoir comprendre.

Mais le plus bizarre, c'est le temps que j'ai passé à regarder le dernier mot, qui est en fait le onzième. Et qui est en fait un prénom : Fatou.

*
* *

Le lendemain, en me réveillant, j'ai repris le papier posé sur ma table de chevet, comme pour vérifier que les mots que j'avais tant regardés ne s'étaient pas envolés pendant la nuit. Ils étaient là, sains et saufs. Ça fait une sensation difficile à décrire quand on retrouve quelque chose qu'on a eu peur de perdre. Un souffle qui entre dans la poitrine et respire à notre place. J'aime bien.

Ma mère était déjà partie au travail, mais je savais que j'allais trouver mon père dans la cuisine. Gagné, il faisait la vaisselle en écoutant la radio. Faire la vaisselle, j'aime pas. Écouter la radio, j'aime pas. Mais être à côté de mon père quand il fait les deux à la fois, j'aime bien.

Je me suis assis à la table du petit déjeuner et je l'ai regardé jusqu'à ce qu'il tourne la tête vers moi.

— Déjà debout, bonhomme! Tout va bien? a-t-il demandé en reposant la dernière assiette à grosses fleurs bleues sur l'égouttoir.

— Ça va, ça va, j'ai dit. Merci. Et toi?

— Ça va plutôt pas mal. Je m'apprêtais à faire des spaghettis au pesto pour ce midi.

— Chouette, j'ai dit.

Je n'aime pas les spaghettis, et encore moins

au pesto, mais j'ai senti qu'il fallait lui dire un truc sympa, l'encourager ou je ne sais pas quoi. Les parents ont besoin de ça parfois.

J'avais envie de lui parler de Fatou. De ses yeux noirs qui me fixent quand elle me parle, de ses tresses et de ses ongles en couleurs. J'avais envie de raconter à papa ce que ça fait de garder dans sa poche et sur sa table de chevet un tout petit bout de papier et de sentir que c'est une des choses les plus précieuses qu'on ait jamais tenues entre ses mains. J'avais envie de savoir s'il s'était déjà senti à la fois invulnérable et désarmé à la même seconde ?

Mais ça me paraissait un peu bête de dire tout ça. Ça ne me ressemblait pas de faire dans la dentelle. Alors j'ai juste demandé :

– Papa, c'est possible de bien aimer quelqu'un qui ne vous aime pas du tout ?

Je ne sais pas ce qui m'a pris car ce n'était pas exactement les mots que j'avais préparés, mais le mal était fait. Il m'a regardé d'un air un peu surpris avant de répondre :

– Oui, bien sûr que c'est possible.

Il a marqué une pause comme s'il lui fallait à présent trouver des exemples pour confirmer sa thèse et m'y faire croire. Il a repris de plus belle avec un large sourire de jeune homme que je ne lui connaissais pas :

– Ça peut même être le début d'une histoire d'amour. Par exemple, quand j'ai rencontré ta mère, elle ne m'aimait pas du tout, mais alors pas du tout. Elle me trouvait idiot, immature, physiquement assez banal, bref sans intérêt voire très énervant. Et elle ne se gênait pas pour me le dire en face. Tu vois, ça ne m'a pas empêché de tomber amoureux d'elle malgré tout et… de l'épouser plusieurs années après. La vie réserve des surprises ! Mais tu as tout le temps pour ça, ce sont des choses qu'on apprend avec l'âge.

Je n'étais pas sûr d'avoir tout bien compris, ni de voir en quoi cela pouvait m'aider étant donné que je n'avais absolument pas l'intention d'épouser Fatou, mais sa réponse me plaisait. Ne serait-ce que pour ce sourire que je n'avais jamais vu sur son visage.

Je regardais encore les jeunes feuilles des arbres

par la fenêtre quand papa m'a sorti de ma rêverie :

— Allez, Lucien, ne reste pas dans mes pattes, tu vas me faire rater la cuisson des miennes !

C'est de l'humour. Les adultes adorent ça. Surtout quand on n'y comprend rien. En revanche, ce qui est très pratique quand mon père fait de l'humour, c'est que ça le fait toujours beaucoup rire. Il rit énormément à ses propres blagues. Parfois, il rit tellement qu'on ne comprend même pas la fin. Ça donne un son bizarre qui part du fond de sa gorge et remonte en grandissant par saccades, comme s'il s'étouffait avec du Coca qui remonte par le nez. C'est ça l'humour.

Pendant et après les spaghettis, j'ai continué à parler avec mon père. J'aime bien ce moment du mercredi midi où on est tous les deux. D'habitude je ne dis pas grand-chose, mais la matinée avait bien commencé, et je le trouvais particulièrement en forme. J'aurais dit oui à n'importe quelle proposition de sortie de sa part, même un match de foot ou de ping-pong. Et c'est là que j'ai commis l'erreur fatale : j'ai dit oui sans entendre sa question, ça doit être un réflexe scolaire. Et avant que j'aie eu le temps de comprendre ce qui m'arrivait et comment je pouvais m'en sortir, je me suis retrouvé assis à côté de mon père dans la voiture, direction la galerie marchande.

J'ai compris une fois remis de mes émotions ce qui nous avait menés là : toute cette discussion sur l'amour, les chances de le trouver ou non et les hasards de la vie avait rajeuni mon père qui, tout guilleret, avait eu envie d'offrir un cadeau à ma mère – enfin à sa femme – sans aucune raison précise, juste pour lui faire plaisir, « comme au bon vieux temps ». Un nuage a assombri l'idée que je me faisais de l'amour et de la vie à deux : qu'est-ce que c'était que cette histoire de « bon vieux temps » ? Cesse-t-on de se faire des cadeaux et des surprises au bout d'un certain temps ? Et si oui lequel ? Au bout de combien de temps recommence-t-on ? Certaines règles m'échappaient tout à coup.

Mais je sentais que ces questions auraient tout gâché à la joie de mon père et je ne me voyais pas porter une telle responsabilité. Trop dur. Trop cruel aussi. Alors j'ai joué le jeu et nous sommes partis en quête du meilleur cadeau-sans-occasion-ni-raison-juste-pour-faire-plaisir. Qui a dit que le mercredi était un jour de repos ?

Alors, les cadeaux possibles selon Bertrand Lemeur (mon père) :

• du parfum : TRÈS original, papa. Et surtout TRÈS trouvable dans notre hypermarché local. Félicitations du jury. Palme d'or de l'inventivité. César du meilleur rôle comique. Allez, idée géniale suivante.

• un collier : voir ci-dessus.

• une bague : idem.

• une broche : copiez/collez.

• de la crème pour le visage : non, papa, pas l'antirides.

• un foulard : elle déteste ça.

• du déodorant : là, je crois qu'il commençait à fatiguer sérieusement. Ou alors c'était de l'humour et je n'ai pas compris. Deux blagues en une journée, ça fait beaucoup dans la famille.

Je m'arrête là parce que la liste est désolante,

comme est désolant le constat que mon père, après quatorze ans de mariage, ne sait plus quoi offrir à ma mère. Cette conclusion m'a déprimé et si mon père ne s'était pas mis à trépigner dans son coin en se grattant la tête pour en extraire une idée géniale de plus, je crois que je me serais suicidé au Tahiti Douche, en plein milieu du rayon Hygiène et Beauté. Mais il fallait agir. Et agir vite, car contrairement aux mères, les pères sont des choses fragiles et impatientes. Est-ce le fait de porter son enfant neuf mois dans son corps qui donne aux femmes ces vertus de force et de patience? Est-ce aussi ce qui développe un don d'écoute qui se passe des mots et des formules toutes faites? En tout cas, les pères, ce qu'ils veulent avec leurs fils, c'est construire une relation. C'est un mot très important, la relation. Ça les obsède. Je pense que les pères sont un peu paumés. Toujours à cause de ces neuf mois d'avance que prennent les mères. Nous, on vient au monde, plutôt content, d'emblée on aime les deux parents pareils a priori. La mère prolonge ce qui existe déjà, mais le père, lui, semble se dire :

«Qui est cette nouvelle personne avec qui je vais partager, de près ou de loin, le reste de ma vie?» Alors le père cherche, réfléchit et marche de long en large. Il se pose des questions. Il cherche un mode d'emploi. Il se demande comment ça marche un enfant, un adolescent, un presque adulte. Et après aussi je suppose qu'il continue de se questionner, le père. Même quand son enfant est adulte. C'est même peut-être pire, parce qu'il faut inventer encore plus. Il n'y a plus de manuel, de livres, de films ou de conseils pour savoir comment on parle à son enfant devenu adulte. Plus de modèle. Le père est perdu. Heureusement, la plupart du temps, la mère continue de lui faire croire que c'est lui qui est fort et patient, que c'est lui qui mène la barque, et qu'il fait tout ce qu'il faut. Ce qui évite au père d'être malheureux.

Parfois l'enfant aide la mère à aider le père. Pour acheter un cadeau chez Auchan par exemple. Pour faire le chemin du retour en voiture avec le DVD d'un film dont la mère parle depuis des mois et qu'elle n'a pas eu le temps de voir au cinéma, qu'elle n'est pas allée voir avec son mari parce que c'est «plutôt un film de filles», mais qu'elle aimerait bien avoir à la maison et, qui sait, le regarder avec lui un soir qu'ils seront tous les deux seuls ensemble dans le salon. Comme au bon vieux temps. Là, l'enfant a aidé le père à choisir le DVD, il lui a tout juste suggéré ce film en particulier, il l'a laissé payer et demander un emballage cadeaux s'il vous plaît, et, dans la voiture, l'enfant se tait parce qu'il sait que c'est un moment comme il n'en aura pas beaucoup avec son père et que ça ne sert à rien de gâcher certains moments avec des mots quand le bruit des roues sur le goudron et l'odeur de tabac et de pin des Landes chimique de la voiture suffisent à les rendre heureux.

*
* *

Le soir, j'ai enfin complété ma liste des choses que je n'aime pas pour la rendre à Fatou le lendemain. Je ne sais pas ce qui se passe dans ma vie avec les listes en ce moment, mais c'est fou ce que ça aide à y voir plus clair. Sauf pour mon père et son cadeau, évidemment. On ne peut pas gagner à tous les coups et chacun a sa méthode pour remettre de l'ordre dans ses idées. J'espère que papa trouvera un jour la sienne. En ce qui me concerne, dresser des listes me convient on dirait. Je ne sais pas si ça peut déboucher sur une carrière professionnelle mais je vais réfléchir à l'idée pour plus tard. On ne sait jamais, si ça pouvait m'éviter le Salon des Métiers ou la Fête de l'Orientation.

J'ai pris tout mon temps, je me suis appliqué car j'avais bien l'intention de gagner, et j'ai écrit :

Chère Fatou,

Voici ma liste. Je sais, elle est un peu longue, mais, que veux-tu, je n'aime rien, c'est bien connu. Prends le temps de la lire jusqu'au bout et avoue-toi vaincue. J'ai mis entre parenthèses les raisons pour lesquelles je n'aime pas ces choses (sauf si c'est trop évident et que ça se passe de commentaires – par exemple : les endives ou le foot).

Donc, on peut dire très sincèrement que je n'aime pas :

✓ Les sixièmes

✓ Les cinquièmes

✓ Les quatrièmes

✓ Les troisièmes

✓ Le collège (j'abrège)

✓ Les endives

✓ Les endives qui se planquent sous le jambon (quelle hypocrisie !)

✓ Le foot

✓ Faire les courses le samedi

✓ Saigner du nez

✓ M'ennuyer (même au milieu de plein de monde, ça m'arrive de m'ennuyer)

✓ Les géraniums. Enfin, les fleurs en général (quand elles sentent, c'est trop fort, quand elles ne sentent pas, à quoi ça sert alors ?)

✓ Sandra Pichu. Enfin, les filles en général (mais mon père dit que ça va changer)

✓ Les caniches

✓ Les garçons

✓ Les films en DVD (Chez nous, on a un écran

de télé pour nains. Pourquoi pas regarder Twilight *sur un téléphone portable pendant qu'on y est?*)

✓ *Les livres* (C'est comme les filles, je ne vois toujours pas à quoi ça sert. Et que PERSONNE ne me dise que c'est normal à mon âge et que ça va changer dans quelques années.)

✓ *Les majorettes* (On dirait des poupées vivantes. Un peu comme des films d'horreur en jupes.)

✓ *La télé*

✓ *Eurodisney*

✓ *Le café* (Mais à mon âge, il paraît que c'est normal. Encore un truc qui est normal à mon âge et qui va changer. Que de changements en perspective pour mes dix prochaines années!)

✓ *La Wii* (faire du sport dans son salon, non merci)

✓ *Les Sioux* (et tous les Indiens à plumes en général)

✓ *Les vieux films en noir et blanc*

✓ *Les chenilles* (surtout crues)

✓ *Le Coca sans bulles*

✓ *L'odeur des vestiaires quand il pleut*

✓ *Les chefs*

✓ *Les copains (ça tombe bien, je n'en ai presque pas)*

✓ *Mes frères et sœurs (ça tombe bien, je n'en ai pas du tout)*

✓ *Les diminutifs et les surnoms (moi, ça donne toujours Lulu. L'horreur !)*

✓ *Les abeilles (ben, je sais pas, j'aime pas)*

✓ *Les endives (ah ah ! Je t'ai bien eue, hein ?)*

Voilà.

J'espère que tu n'aimes pas gagner parce que tu risques de perdre.

Salut

Lucien

Après ça, je suis allé me coucher directement. De toute ma vie, je n'avais jamais aligné autant de mots sur une feuille de papier.

Le jeudi, juste avant le début des cours, comme prévu, j'étais au rendez-vous : sous le préau, près de la petite poubelle. Super, comme lieu de rendez-vous. J'avais ma liste dans la poche. Fatou est arrivée quelques secondes après moi, je n'ai pas eu le temps de me préparer, de composer un visage ou de prévoir une réplique géniale. Elle s'est dirigée droit sur moi avec sa démarche à la fois lourde et presque aérienne, comme si elle flottait sur des coussinets, avec ses tresses qui sautillaient de toutes leurs perles autour de sa tête, avec ses deux grands bras qui se balançaient de chaque côté de sa taille en agitant d'autres couleurs encore au bout de ses ongles, et avec ce petit sourire que je commençais à bien connaître et qui transforme mes jambes en barbe à papa. J'aime pas. Enfin si, j'aime bien. Enfin, je ne sais pas encore vraiment.

– Voilà, a-t-elle dit en me tendant son papier plié en quatre.

– Et voilà pour toi, ai-je répondu en l'imitant.

Je m'apprêtais à saisir sa feuille, quand Fatou a ajouté ces mots d'un air de victoire absolue :

– Au fait, il y a vraiment trop de trucs que je n'aime pas sur terre, ça aurait pris trop de temps et trop de place de tout te détailler. Et ça n'aurait pas été écolo au niveau papier. Alors autant te prévenir, je t'ai fait la liste des choses que j'aime, ça ira plus vite pour nous départager. Tout ce qui ne figure sur ma liste, tu peux considérer que je le déteste.

Elle a lâché la feuille sur les dernières syllabes et elle a souri jusqu'aux oreilles. Ses dents étincelaient sous ses lèvres. On aurait dit qu'elle allait m'embrasser ou me manger. Ou les deux. Je me sentais comme un mille-feuille dans la vitrine du pâtissier un dimanche midi.

D'ailleurs, je lui ai répondu avec autant de talent qu'un mille-feuille :

– Ah ? Oui, bon, d'accord.

*
* *

Je ne sais pas comment j'ai fait, mais j'ai réussi à attendre jusqu'à la récréation avant de lire la liste de Fatou. J'aimais bien la sensation de savoir qu'un moment agréable m'attendait à coup sûr et que je pouvais décider de quand je le vivrais. Agréable parce que, malgré le coup déloyal qu'elle venait de me faire avec son changement de règles du jeu de dernier moment, malgré son sourire sûr de lui et son arrogance, malgré l'impression que j'avais de me tenir dans un trou de plusieurs kilomètres de profondeur et de regarder à la surface les gens passer et m'ignorer, malgré tout cela et toute la transpiration qui s'écoulait encore une fois de mes mains je ressentais avant tout une excitation et une joie difficiles à décrire. De ces sentiments qu'il est compliqué d'éprouver car on ne sait pas bien s'ils vont vous faire plus de bien que de mal, de ces sentiments qui exigent que l'on inspire lentement de grandes bouffées d'air frais sous peine d'asphyxie. Peut-on mourir de joie ?

Je suis sorti parmi les premiers dans la cour en tenant son papier écrasé dans mon poing au fond de ma poche. Je suis allé aux toilettes, je me suis assis par terre et j'ai lu :

Cher Lucien que je n'aime vraiment pas,

Voici la liste des choses que j'aime. Tu peux considérer que je déteste tout ce qui ne figure pas sur cette liste, ce qui fait de moi, j'en suis sûre, la grande gagnante de notre concours.

Donc, j'aime :

✓ *Le collège*

✓ *Les endives au jambon (malheureusement, ma mère n'en fait jamais)*

✓ *Le sport*

✓ *Les supermarchés*

✓ *Les garçons qui saignent du nez*

✓ *M'ennuyer (Je veux dire par là, se confronter à la solitude. Quitte à s'y forcer un peu. Après on se sent plus fort et on a résolu des tas de choses qu'on croyait insurmontables.)*

✓ *Les fleurs (quand elles sentent, ça m'emporte*

très loin, quand elles ne sentent pas, en général elles sont magnifiques à regarder)

✓ *Les chiens*

✓ *Regarder un DVD installée au fond de mon canapé (On peut couper pour aller aux toilettes, par exemple. Pratique.)*

✓ *Les livres (et j'espère que ça ne changera pas ; c'est le seul moyen que j'ai trouvé pour vivre d'autres vies que la mienne)*

✓ *Les majorettes (On dirait des poupées vivantes. Un peu comme des comédies musicales.)*

✓ *La télé*

✓ *Le café (mais à mon âge, il paraît que c'est trop tôt.)*

✓ *La Wii (faire du sport dans son salon, idéal, non ?)*

✓ *Les cow-boys*

✓ *Le portrait de la femme appuyée sur un bœuf dans le hall d'entrée du collège*

✓ *Les vieux films en noir et blanc*

✓ *Le Coca sans bulles (sinon, je le recrache aussitôt par le nez, ça m'est arrivé en primaire)*

✓ *L'odeur du trottoir quand il pleut*

✓ Les copains
✓ Mes frères et sœurs
✓ Donner des surnoms
✓ Le miel
✓ Les endives au jambon (je l'ai déjà dit, mais J'ADORE vraiment !)

Voilà.
À tout à l'heure pour ma victoire !

Fatou

J'ai toujours le petit mot de Fatou. Il y a long-temps que je suis rentré de l'école. Croûton était absent aujourd'hui. Je n'ai pas pu lui en parler à chaud et ça ne vaut pas un SMS à froid.

J'attends que mon père soit là pour avoir une petite conversation avec lui. Histoire de construire notre relation. Il doit savoir que tout ne débouche pas sur une histoire d'amour dans la vie. On voit ce que ça donne. Par exemple, Fatou et moi, non seulement on ne s'aime pas, mais en plus on n'a pas du tout les mêmes goûts. Donc je ne vois pas comment je pourrais l'épou-ser un jour. Même si ce n'était pas mon but, évidemment. Mais, d'après la théorie de mon père, les événements devaient s'enchaîner ainsi. Comme pour lui avec ma mère quand ils étaient jeunes. C'est absurde, ça ne tient pas debout, cette histoire. Pourtant, j'avais commencé à y croire dans un coin de mon cerveau, ou de mon cœur.

Je pense que mon père a un problème avec l'amour. Il est trop sentimental. Il croit aux fées. Ou alors il m'a menti. Ou c'est pas mon père. Enfin, il y a quelque chose qui cloche, je le sens. Oui, quelque chose cloche.

Sinon la liste de Fatou ne serait pas en mille morceaux sur mes chaussures et je ne saignerais pas du nez.

Mes parents étaient partis dîner chez les voisins et je me retrouvais seul à la maison.

Quand je dis seul, c'est vraiment seul. Abandonné. Isolé. Une de ces solitudes qu'on ne doit connaître que dans les déserts africains. Ou les grands canyons américains.

À situation désespérée, solution désespérée : je décidai d'aller dîner chez mamie.

– Ah non, certainement pas ! l'entendis-je répondre à mon appel au secours au téléphone. On ne va pas dîner chez moi, j'ai rien. Je ne vais pas te faire du pain perdu tout de même. D'ailleurs, je n'ai pas d'œuf. Ni de pain. Non, non, je t'emmène au restaurant. La première déprime de mon petit-fils, ça se fête ! Tu sais, je suis en train d'essayer toutes les salades César de la ville en ce moment, et il paraît qu'ils en font une divine chez Bogdan, un petit restaurant hongrois qui ne paie pas de mine. Je passe te chercher dans dix minutes, poulet. À tout de suite.

Et elle avait raccroché sans attendre de réponse de ma part, scellant ainsi mon destin : salade César hongroise. Youpi.

J'ai filé dans la salle de bains histoire de vérifier l'état de mes yeux. J'avais un peu peur de l'effet bouffi et rougi que provoquent en général les larmes, mais ce n'était pas si catastrophique que ça. Au cas où mamie me poserait des questions, et je savais qu'elle allait me poser des questions, je sortirais de ma poche mon bon vieux joker allergie au pollen. Peut-être pas l'excuse du siècle mais je n'avais que ça sous la main, l'option acariens étant hors service depuis que je me suis fait désensibiliser. Se faire désensibiliser consiste à aller chez un médecin, renommé pour l'occasion « allergologue », qui vous injecte chaque semaine dans le haut du bras une grosse dose de la substance à laquelle, précisément, vous êtes censé être allergique. Des acariens, des plumes, du pollen, de l'arachide, de l'endive, c'est selon.

Vous ressortez avec le haut du bras gros comme une cuisse de rugbyman et douloureux comme après douze piqûres de guêpe. Mais avant de sortir, vous le payez (cher) et vous le remerciez. Les gens sont masos. Enfin, je dis ça, mais je suis quand même guéri. Il faut rendre à César ce qui appartient à sa salade.

Dix minutes plus tard, mamie et Rustine (sa 4L, un vieux modèle de voiture qui, Dieu merci, n'existe presque plus) m'attendaient devant la maison. Mamie est restée dans la voiture en laissant le moteur tourner parce que ce dernier est très capricieux et qu'on ne sait jamais s'il va redémarrer ou non. Mamie vit dans un monde où c'est la voiture qui décide de ce qu'elle fera – ou pas – dans la journée. Elle peut rester des jours entiers sans faire de courses si Rustine ne fait pas vrombir sa mécanique. Elle est capable de ne pas rendre visite à ses copines du club de twirling-bâton et rester sans nouvelles d'elles pendant plusieurs semaines si Rustine en décide ainsi. Elle a choisi de se soumettre aux aléas de Rustine. À quoi ça sert de divorcer d'un mari féroce, à une époque reculée où cela se pratiquait encore peu, si c'est pour être esclave d'une 4L pire que tout ? Enfin, bon, ce n'est pas mon problème après tout. Il paraît que mamie a traversé des choses pas faciles, comme dit ma mère, et qu'elle est aujourd'hui aussi libre qu'elle a été prisonnière autrefois. Quand je vois à quel point ma grand-mère est libre aujourd'hui, une seule question me vient : mais qu'est-ce qu'ils lui ont fait ? Parce que si maman dit vrai, si le taux actuel de liberté de mamie équivaut à son taux passé d'enfermement, elle a dû vivre un demi-siècle sur une planche à clous chauffée à blanc avec des rats morts pour seule nourriture dans un pays non répertorié. Ou pire si ça existe.

Arrivé au restaurant, je n'en croyais pas mes yeux : c'était tout sauf un restaurant. Ça ressemblait à un réfectoire éventuellement, une cuisine avec cinq tables en bois et de longs bancs de chaque côté. Une pension familiale. Pas le genre d'endroit où on s'attend à trouver de la salade César à la carte. Bon, je révèle le mystère de la salade César. La salade César, c'est avant tout une variété de salade : la romaine (d'où le nom, je suppose). Y ajouter des croûtons revenus dans l'huile (si mon meilleur ami savait ça…), et des copeaux de parmesan. Napper d'une sauce à base du même fromage et légèrement aillée. Voilà pour les puristes, voilà pour la recette originale née dans le sud de la Californie dans les années vingt. Donc très loin de l'Italie. Dans la plupart des restaurants, de nos jours, on y trouve un ingrédient supplémentaire majeur : des blancs de poulet émincés. Et il faut avouer que c'est très bon. Mamie a décidé de faire le tour des restaurants de la ville (et des villes qu'elle visite) et tient une sorte de palmarès des salades César. Il faut bien s'occuper quand l'heure de la retraite a sonné. Avant de commander, car il était bien entendu que nous ne goûterions aucune des spécialités hongroises inscrites sur la carte, mamie m'a raconté en détail toutes les hérésies qu'elle avait pu croiser dans sa carrière de critique gastronomique amateur. Des tranches de poulet industriel sous vide dans une station-service, une sauce au curry à la place de la sauce parmesan dans un restaurant soi-disant chic, des lardons risssolés en supplément au Flunch, des cubes de gruyère à la place des copeaux de parmesan, dans un hôtel trois étoiles, en plus, non mais tu te rends compte, Lulu !

En me racontant ça, mamie hurlait littéralement et je ne savais plus où me mettre, j'ai fait un sourire gêné quoique poli au serveur et à sa tête très hongroise. Au moment où celui-ci nous apportait nos salades, mamie était en train de lever les bras au ciel dans un acte de mortification légèrement excessif à mon goût, en criant :

— Et, le pire du pire, mon poulet, tiens-toi bien : à Rome ! Rends-toi compte, dans la ville même de l'empereur qui a donné son nom à ce plat ! Eh bien à Rome, au beau milieu de la Piazza di Spagna, ils m'ont remplacé ma romaine par de la MÂCHE ! DE LA MÂCHE, TU M'ENTENDS ?

Même les mains plaquées sur les oreilles, je l'entendais. Tous les habitants de la rue l'entendaient. Il faut savoir prendre sur soi avec mamie parfois. J'ai bien compris que j'étais obligé de compatir. J'ai dit quelques mots du genre «Ah ouais, les rats! Quel crime!» parce que ça me semblait de circonstance. Le serveur est reparti immédiatement en cuisine comme s'il venait de servir deux parrains de la mafia.

Mamie était bien contente que je comprenne son désarroi et c'est, je pense, ce qui m'a valu son oreille attentive lors du récit un peu décousu que je lui ai fait des quatre jours passés. Je ne sais pas pourquoi je me suis confié à elle. C'était la première fois et je n'avais rien prémédité. Je ne croyais plus depuis longtemps à cette légende des Ancêtres Qui Connaissent Tout De La Vie, mais j'avais l'impression qu'elle pouvait entendre, me laisser parler, simplement, sans jugement, sans questions morales, sans me demander si c'était bien ou mal, s'il y avait un moyen de réparer les choses. Elle était juste assise en face de moi, je la sentais présente d'une manière qui se passait de mots et même de gestes, elle me regardait attentivement et sans lourdeur. Elle continuait, je le voyais du coin de l'œil, à goûter avec sérieux à sa salade et à en évaluer les qualités et les défauts, mais quelque chose dans ses yeux me disait qu'elle était entièrement pour moi à ce moment-là. Alors tout y est passé : le collège, Rosa, mes heures de colle, les cartables dans la tête dès 8 h 15, mon pied écrabouillé, Fatou, mon nez qui manque de saigner, le défi, le duel, papa et son idée de l'amour, papa et sa non-idée de cadeau, la liste, les listes, l'échange, mon nez qui saigne pour de bon, l'absence de Croûton.

– Ils vous servent des salades César sans croûtons à la cantine ? Ah les rosses !

J'ai dû préciser de quel Croûton je parlais car même si mamie connaît Basile depuis toujours, elle s'entête à l'appeler Lardon. Je m'étais toujours demandé pourquoi, mais j'avais enfin mon explication. Merci César.

Après avoir saucé toute son assiette et la moitié de la mienne (je pense que les Hongrois frôlaient le 19/20), mamie m'a regardé bien en face avec un sourire tendrement amusé :

– Mon petit bonhomme, il faut toujours préférer la joie. Elle est meilleure conseillère. Préfère-la à la colère, au malheur, à la tristesse. Si tu y arrives bien sûr, parce que ce n'est pas donné à tout le monde et chacun règle ses problèmes comme il peut. Mais toi, en l'occurrence, je n'ai pas l'impression que tu aies vraiment de problème : cette Fatou ne t'aime pas, tu ne l'aimes pas non plus, vous en avez maintenant le cœur net et vos vies, après s'être croisées le temps d'une liste, peuvent reprendre leur cours habituel dans l'indifférence générale. Tu ne crois pas que c'est aussi simple que ça, biquet ?

Je voyais bien à la petite lumière dans ses iris bleu pâle qu'elle ne pensait qu'à moitié ce qu'elle disait. Malgré toute sa bienveillance, il y avait une légère ironie dans sa voix et, sur les belles rides étoilées autour de ses yeux, une trop grande malice. Comme pour me faire réfléchir à une chose qu'elle ne disait pas, voire pour me faire avouer quelque chose malgré moi. Elle me laissait venir, elle attendait que je réagisse à ce qu'elle venait de me dire. C'est ce qu'on appelle prêcher le faux pour savoir le vrai.

Mais de quel vrai parlait-elle, ça je ne voyais toujours pas.

Mamie et Rustine m'ont raccompagné, je les ai saluées d'un geste de la main sur le pas de la porte, en trouvant, je ne sais où, un sourire de réserve, celui qu'on garde quand on n'a pas envie d'expliquer ce qui nous rend triste. À l'intérieur de la maison, je n'ai trouvé que le courage de m'affaler sur le canapé, face à la télé éteinte. J'ai préféré la laisser éteinte parce que je n'aurais pas supporté de tomber par hasard sur un spectacle de bonheur. C'est vrai, il y en a partout! Dans les feuilletons, dans les films, même dans les émissions de télé-réalité : ces gens passent leur temps à s'aimer les uns les autres. Et à s'aimer eux-mêmes aussi, il faut bien le dire. Évidemment, il y a des rebondissements, des désamours et des trahisons, des ruptures et des larmes, mais au final chacun se retrouve dans une paire de bras ou collé à une autre bouche que la sienne. Je ne dis pas que c'est ce que je veux, attention. Je dis juste : «Mais comment font-ils? Avec qui ont-ils signé un contrat de bonheur à durée

indéterminé ? » D'ailleurs, ça ressemble à un boulot à plein temps d'aimer et d'être aimé. C'est
épuisant de regarder le bonheur des gens quand
on se sent malheureux. Ce n'est pas tant le sentiment d'injustice qui vous étreint, mais plutôt
l'incapacité à toucher du doigt ce que vous avez
sous les yeux. Comme un aliment dont vous
auriez oublié le goût, un parfum que vous ne
pourriez plus sentir, un souvenir impossible à
évoquer. Quand on est triste et qu'on sait la
solution proche ou qu'au moins on sait qu'elle
existe, les choses paraissent vivables, on peut se
changer les idées, faire diversion et même donner le change autour de soi. Mais quand on ne
connaît même pas encore ce qui pourrait nous
apaiser, quand on ignore le nom, la forme et le
jour d'arrivée du remède qui nous fera oublier
nos tourments et allégera notre plexus solaire,
alors là, je trouve qu'on est proche de la torture.
C'est inhumain d'avoir treize ans. Ça devrait être
interdit. On devrait pouvoir mettre cette année
entre parenthèses – et peut-être aussi les sui-
vantes qui, à l'œil nu ne m'ont pas l'air extatiques

non plus –, puis se réveiller plus tard. Après le bac, par exemple, histoire de faire un prix de gros et de laisser le plus dur derrière soi. On se réveillerait, quelqu'un vous aimerait, que vous aimeriez, et la vraie vie pourrait commencer et on aurait déjà lu tout Victor Hugo et les autres auteurs au programme.

« Mais la vie n'est pas ainsi faite », me suis-je dit en me levant du canapé avec cette impression terrible d'avoir cent huit ans, et je suis monté me coucher avec Victor Hugo, justement.

Le petit discours de mamie sur Fatou et moi dont les chemins se sont croisés m'a fait penser à un de ses poèmes. Il s'appelle *Vieille chanson du jeune temps* et jusqu'ici je l'avais toujours trouvé sans intérêt, même très gnangnan pour tout dire. Un type se promène dans les bois avec une fille de vingt ans superbelle qui s'appelle Rose et qui le drague à mort. Tout le monde s'y met, les rossignols, les buissons, la rosée, les branches, les feuilles. Lui a seize ans, il est vif comme un tabouret, il ne se rend compte de rien. Rose soupire, elle est d'une patience d'ange, mais rien. Victor batifole telle une otarie sous les frondaisons, lui rebat les oreilles avec les beautés de Dame Nature. Forcément, au bout de quelques strophes, Rose finit par se lasser et lui dit de laisser tomber. Résultat, des années après, il y pense toujours. Dommage pour toi, Victor.

Que les choses soient bien claires, ni Fatou ni moi n'avons cherché à draguer qui que ce soit dans cette affaire, et je déteste les promenades dans les bois, mais si jamais nous étions tous les deux passés à côté de quelque chose, j'ai quand même un peu peur de m'en bouffer les doigts dans quelques années. Au pire, j'en ferai un poème moi aussi.

— Croûton, t'es sympa, tu laisses tomber. Merci.

Croûton est têtu. Et intelligent. Et comme tous les gens intelligents, voire trop intelligents, il veut tout comprendre. Rien ne doit lui échapper et tout doit avoir du sens. Selon lui, il y a une logique à tout. Croûton est un ami hyper-rationnel. J'aime pas. Enfin parfois j'apprécie beaucoup, mais là, j'aimais pas. J'avais besoin de laisser les choses se décanter après la nuit blanche que je venais de passer assis sur mon lit à penser à ce qui s'était passé dans la journée, à Fatou, à sa lettre, à ma réaction, à mamie.

J'avais pensé me confier à Rosa, mais franchement, j'avais trop de trucs à lui raconter, les choses n'étaient pas très claires dans ma tête ni dans mon cœur, et je ne me voyais pas rester près d'une heure devant le tableau agricole du collège. À un moment ou un autre, j'aurais entendu des sirènes et on m'aurait passé une camisole de force.

Alors je me suis rabattu sur Croûton. Mais pas forcément pour qu'il me parle. J'ai seulement proposé, pour notre vendredi midi, qu'on sèche la cantine pour aller manger un sandwich au square qui est à deux rues du collège. En général, on l'évite, c'est le QG des lycéens. Le square est à mi-chemin entre les deux établissements mais le territoire est marqué depuis des générations. Le lycéen est possessif et fier, le lycéen aime avoir des repères et des endroits qui lui appartiennent. Mais là, je m'en fichais, ils auraient pu me traiter de tous les noms ou m'attacher à un arbre, j'avais le sentiment de n'avoir rien à perdre. C'est peut-être ce qui les a mystérieusement maintenus à distance de Croûton et de moi, de notre banc près du magnolia.

J'avais besoin que mon ami se taise, qu'il me laisse manger mon sandwich au thon tranquillement et qu'il soit compréhensif, mais de l'intérieur. Pas en paroles. J'aurais voulu rester sur ce banc pour l'éternité, entouré des moineaux affamés venus picorer les miettes qui s'échappaient de la cellophane ou de nos bouches. Quelle belle vie que celle d'un moineau tout de même. Presque aussi belle que celle des cailloux.

— Ben quoi? enchaîna Croûton. Tu vois pas que j'essaie de t'aider là? Je remplis mon rôle de meilleur ami d'enfance. Ça sert à ça, les amis d'enfance. À quoi ça aura servi toute cette constance dont nous avons l'un et l'autre fait preuve depuis tant d'années si je te laissais tomber maintenant? Si la personne qui t'a vu cracher du Coca par le nez sur le directeur de l'école primaire ne peut pas t'aider dans un jour comme aujourd'hui, alors quand? Si celui qui t'a tenu le front le jour où tu as vomi après avoir décidé de manger une chenille vivante sous les yeux de Samantha Lemir pour qu'elle tombe amoureuse de toi n'a pas le droit de trouver une solution à tes problèmes, qui le fera?

Je déteste quand Croûton ne se rend pas

compte qu'il parle trop. Ajoutez à ça qu'il s'exprime lentement. Extrêmement lentement. On dirait un prof. Bref, ça m'énerve. Surtout que je n'ai jamais été amoureux de Samantha Lemir et de ses couettes orange. Je la détestais. Quant à cette histoire de chenille, je venais de comprendre, en entendant Croûton me rappeler cet épisode, pourquoi et comment cette chose incongrue avait ressurgi dans ma liste pour Fatou. Mais Croûton n'en avait que faire : il parlait.

À ce moment, par exemple, j'ai regretté d'être moins bon que lui en langues (dans toutes les matières d'ailleurs). Pour qu'il se taise, j'aurais pu lui dire en allemand, je suis sûr que c'est plus efficace. Ou en espagnol, ça l'aurait surpris. En anglais, j'aurais pu tenter un *shut up* de base, et le renforcer avec un *fuck* quelque part, mais je ne savais pas du tout où le placer et ce n'était pas le moment de me coller la honte. Quant au grec ancien, je ne l'ai jamais appris, mais je suis sûr qu'il aurait compris, autant éviter.

Devant mon silence obstiné et mes yeux qui gonflaient, Croûton récapitula la situation sans se démonter, comme s'il se trouvait devant une équation à dix-neuf inconnues.

— Bon, alors tu détestes Fatou, tu le lui dis…

— Non ! le coupé-je. Non ! C'est elle qui me déteste… enfin, oui je la déteste bien sûr, mais c'est elle qui me le dit en premier. Le lundi.

— OK, OK, OK.

J'ai senti les méninges de mon pote de CP qui s'activaient pour à la fois comprendre ce qui s'était passé et trouver les mots justes pour ne pas me vexer. Si je n'avais pas été d'aussi mauvaise humeur, je l'aurais trouvé touchant et je lui aurais collé une grosse bise sur le front. Mon vieux Croûton.

— Donc, je reprends : elle te déteste, elle te le dit, tu lui dis que toi aussi. Après y'a cette histoire de listes-là. Je saisis pas bien l'idée, mais le concept est intéressant.

Croûton, tu penses trop.

Il a marqué une pause. Ça devait turbiner sous son cuir chevelu. Je m'attendais au pire comme au meilleur, car je dois reconnaître que Croûton a souvent des intuitions de génie.

Il a continué :

— En fait, il s'agit d'une sorte de concours pour savoir qui de vous deux est le plus détestable ?

— Mais pas du tout ! Tu le fais exprès ou quoi ? m'écriai-je furieux. C'est l'inverse ! C'est pour se dire tout ce qu'on déteste. Pas pour se dire qu'on est détestable.

Le moineau hésitait à revenir autour de nos miettes de sandwichs à cause de mes éclats de voix ou de mon haleine de thon-mayo. L'appétit semblait plus fort que la crainte. Je connais ce sentiment, petit moineau. Fuis, là-bas, fuis !

Après trois minutes de silence, Croûton, soulagé d'arriver à une conclusion, a repris :

— Ben, Lucien, c'est pareil. Quand on déteste un maximum de choses on est détestable. Quand on en aime beaucoup, on est aimable. Non ?

Je n'avais plus faim.

C'est le moineau qui allait être content.

Je suis rentré chez moi en laissant les mots de Croûton tourner en rond et voltiger dans mon crâne. J'attendais qu'ils se posent quelque part, comme un vol d'oiseaux, comme une brume sur des collines anglaises, et qu'ils prennent un sens concret. Je ne comprenais pas. Ou plutôt je sentais que ce qu'il m'avait dit recelait une part de vérité très forte mais que je ne parvenais pas à la toucher du doigt. Sans doute parce qu'elle me faisait peur. C'est souvent comme ça avec la vérité. Ça m'avait fait la même sensation avec mamie au restaurant, une démangeaison, un agacement.

Je n'avais personne à qui en parler, je ne pouvais pas tenter d'aborder le sujet l'air de rien avec mon père, puisque mes deux parents – amoureux comme au premier jour depuis le coup du DVD offert à ma mère – étaient partis en week-end dans un petit chalet isolé. Le chalet devait s'appeler « Comme au bon vieux temps ». Je ne peux m'en prendre qu'à moi-même, cela dit : l'idée du DVD qui tombe juste, après tout, elle vient de moi.

J'ai attendu encore et encore, je me suis bien gardé de faire des hypothèses sur cette histoire d'aimer et d'être aimable et je me suis effondré comme une masse.

Quand je me suis réveillé, j'ai compris que je m'étais endormi tout habillé sur mon lit vers 6 heures et demie du soir en rentrant de l'école. Mais j'ai surtout compris qu'il était minuit vingt et que je n'allais pas réussir à me rendormir de sitôt.

Alors je n'ai pas insisté et j'ai fait comme si c'était le matin. Je n'avais pas cours le samedi, autant amortir. Soyons rock'n'roll. Direction la cuisine et les corn-flakes. Je me suis assis sur mon tabouret et j'ai laissé mon bras droit faire tout le boulot. En pilote automatique, il accomplissait vaillamment le trajet bol/bouche avec une régularité d'horloge suisse. Pendant ce temps, mes yeux fixaient le dos de la boîte de céréales. Je connais par cœur maintenant le secret révélé d'une journée équilibrée et pleine d'énergie. Ce truc-là est hypnotique, essayez d'y résister. On est vaguement réveillé, on s'attable pour manger, et le cerveau, lui aussi, réclame à manger. Alors il lit. Malgré nous, malgré tout, malgré les yeux encore collés, malgré les marques d'oreiller sur les paupières. Tout ce qu'il y a devant lui, il lit. Et devant lui, souvent, il trouve une boîte de céréales ou de Nesquik. Si quelqu'un veut publier quelque chose qui dure, que les gens lisent, qui entre dans leur vie, qu'il publie ses romans sur des boîtes de corn-flakes. C'est le moyen assuré pour faire des *best-sellers* : dès que votre texte est imprimé sur la boîte, il se retrouve sur des milliers de tables de petit déjeuner, il est lu par des personnes des deux sexes entre sept et, disons, quatre-vingts ans (avant on ne sait pas lire, après on ne peut plus). Certes, le texte aura une durée de vie très très limitée, une semaine grand maximum, ce qui pose deux problèmes majeurs : d'abord, il faut veiller au renouvellement des boîtes inédites en rayon des grandes surfaces, sans quoi le public lira plusieurs fois le même épisode ce qui n'est pas le but recherché (sinon autant revenir aux bons vieux éléments nutritifs quotidiens indispensables actuellement en vigueur). Deuxièmement, en fin de semaine, l'œuvre écrite se retrouve fatalement dans un bac poubelle jaune de tri sélectif. Personne ne remplirait ses rayonnages de bibliothèques avec des boîtes de cornflakes vides, même si l'idée est plaisante. Ça ferait des bibliothèques colorées, mais bon. Donc, pour pallier le caractère éphémère de la boîte en carton, je propose de rééditer l'intégralité du roman par la suite, mais cette fois sur un support durable. Sur des tables de cuisine par exemple.

Le concept peut s'étendre aux briques de jus de fruit et de lait.

On pourrait faire mieux encore si l'Éducation nationale passait un accord avec les fabricants et vendeurs de céréales, lait et autres jus de fruit. Je venais de trouver la solution pour rendre tout le monde heureux et cultivé : imprimer les œuvres au programme sur nos boîtes alimentaires. Franchement, je suis sûr que *Roméo et Juliette* ou *Le Bourgeois gentilhomme* passeraient comme une bouchée de Chocapic.

Je sais qu'à l'heure d'Internet et du tout numérique, je suis totalement à contre-courant, mais c'est sûr qu'il y a un marché.

C'est fou ce que les insomnies me réussissent en matière d'idées géniales dans l'agroalimentaire et l'éducation. J'ai peut-être trouvé mon métier. Encore un.

Niveau Fatou, en revanche, rien de neuf. Je ne vois pas ce que Croûton a bien pu vouloir dire. Je ne veux pas savoir. Je finis par croire qu'il m'a raconté tout ça parce qu'il ne trouvait rien à dire, que sa petite conclusion minable sort d'un des livres qu'il passe son temps à lire. Ou d'un film avec sous-titres qu'il essaie de me convaincre de regarder quand je vais chez lui. Décidément, ce sont des foutaises et j'ai raison : Fatou n'a rien compris à ce qui est bon dans la vie et je n'ai rien à lui dire de plus. Tout est fini entre nous. Mamie avait raison.

Et j'ai encore faim.

J'irais bien chercher ma fin de sandwich au thon au square, mais je pense que le moineau et sa famille nombreuse sont encore dessus à l'heure qu'il est.

J'attends.
L'illumination viendra sans doute plus tard.

L'illumination fut sonore. À 12 h 32 j'ai reçu un coup de téléphone. J'ai pensé à un film d'horreur que j'avais vu chez Croûton : une fille jolie et brune fait du baby-sitting dans une villa luxueuse et isolée. Mais, très vite, sa paisible soirée devient un véritable cauchemar lorsqu'elle se fait harceler au téléphone par un maniaque qui semble lui en vouloir à mort. Elle passe par tous les états d'angoisse, de peur et d'hystérie possibles. On la comprend et on tremble pour elle. Sauf que, pour jouer cette palette d'émotions, elle ne dispose que d'une seule expression à son jeu de comédienne : le cri de terreur. Voilà à peu près comment j'ai vécu la sonnerie de mon portable à 12 h 32 .

Évidemment, ce n'était pas un tueur en série. C'était Fatou.

Mais comment fait-elle ? Où a-t-elle trouvé mon numéro de téléphone ? Cette fille me sidère.

— Dis, Lucien Lemeur, tu fais quoi cet après-midi ? m'a-t-elle demandé de sa voix militaire.

— Je… ben, je… sais pas. Vraiment. En fait… Rester chez moi, sortir. Parents chalet. Croûton ciné, peut-être. Baby-sitting horreur. Enfin…

— Quoi ? Je comprends rien quand tu parles. C'est quelle langue ça ?

Et là, j'ai entendu son rire.

Pas un rire moqueur, pas un rire méchant qui fiche ses pointes dans votre plexus. Au contraire, un rire décontracté et heureux. Un rire pour le plaisir de rire et de s'amuser. Un gros rire lumineux et pas spécialement élégant.

J'ai compris avec son rire. Tout compris. Croûton, aimer, pas aimer, être aimable, tout ! Son rire était comme une couleur qui m'aurait manqué depuis trois jours et qui m'empêchait de comprendre le paysage. Là, je voyais clair, je voyais net, je voyais en couleur et je voulais que son rire ne s'arrête jamais, j'avais envie qu'elle continue à me vanner. Ça ne me blessait pas parce que je sentais qu'elle ne voulait pas me blesser. Notre histoire de liste, pour elle, n'avait été qu'un jeu. Un jeu dans lequel elle avait sans doute été sincère jusqu'au bout, un jeu dans lequel elle s'était dévoilée et confiée, mais un jeu avant tout. Pas une guerre. Pas même une bataille. C'était aussi simple que ça.

— Allô ? T'es toujours là ?

— Oui, oui, excuse-moi, ai-je répondu avec une voix aiguë que je pensais morte et enterrée depuis le CM2.

— Oh, mais arrête de t'excuser, Lulu ! Bon alors, si j'ai bien compris t'as rien de prévu aujourd'hui ?

— Non, j'ai rien de prévu aujourd'hui.

Répéter ce qu'elle disait me semblait le moyen le plus sûr d'être compris et de ne pas dire n'importe quoi.

— Tu veux venir chez moi ?

— Je veux venir chez toi.

— Ma mère fait un goûter africain et y'a des tonnes de trucs à manger !

— Ta mère fait un goûter africain et y'a des tonnes de trucs à manger.

– Euh… tout va bien, Lemeur ? T'as buggé ou c'est ton téléphone ?

Je suis sorti de ma torpeur car j'ai senti le point de non-retour s'approcher à grands pas.

– Tout va bien, Fatou. J'ai pas buggé. J'ARRIVE !

Et j'ai raccroché.

Sans lui demander son adresse.

Hyper-crédible. Hyper-efficace.

Avant de me renseigner sur ces détails pratiques, je suis remonté dans ma chambre pour recoller les morceaux. De la lettre.

Tout compte fait, il y avait quand même certains points communs. Il faudrait en parler tous les deux, me suis-je dit. Si elle est d'accord.

Et puis, une fille qui vous invite à un goûter sans avoir honte de prononcer ce mot qui nous fait tous penser au primaire, aux chips molles et au jus d'orange tiède, ça se respecte.

*
* *

Le goûter de la mère de Fatou fut une expérience extraordinaire.

Je pèse mes mots.

Trois des murs de la pièce où les gens étaient rassemblés (rassemblés, c'est un bien grand mot étant donné que tout le monde entrait et sortait, sortait et rentrait en permanence) étaient longés par d'immenses tables. Des planches posées sur des tréteaux et recouvertes de nappes de toutes les couleurs, avec des empièlements moirés et des motifs floraux. Sur les tables, des plats, des couleurs et des odeurs dont j'ignorais l'existence quelques minutes avant. Je ne sais pas par où commencer à vrai dire. Ça sentait la viande mijotée et le poisson grillé, la sauce et les légumes frits, les herbes et les aromates, les épices et les fleurs.

La mère de Fatou m'obligeait à goûter à tout et, bien sûr, à me resservir plusieurs fois de chaque plat. Ça avait l'air très important pour elle que je mange bien, alors je lui obéissais avec plaisir. C'était bon, mais bon ! À chaque bouchée, je la voyais qui me regardait du coin de l'œil avec un air malicieux et satisfait. Un peu comme mamie au restaurant. J'ai pensé aussi à ma mère et à ses endives au jambon. Après tout, c'était la même chose : donner à manger à son enfant, ça a l'air très important pour les mères. J'ai repensé aussi à cette histoire de grossesse et de maternité, ce lien entre les femmes et leurs petits. Faire manger son enfant, c'est juste prolonger le lien qui a existé pendant neuf mois, et j'ai trouvé ça normal, évident. Je me suis dit que je ferais peut-être plus attention à ne pas vexer ma mère aux repas, ça m'a presque fait de la peine de penser à elle et à tous les efforts qu'elle faisait. Ma peine n'a pas été très longue puisque les desserts sont arrivés et que tout le monde s'est précipité vers les tables.

*
* *

C'est Fatou qui a brisé la glace. Elle a parlé des listes. D'ordinaire, je me serais liquéfié ou changé en caillou juste devant elle. Mais je n'avais plus sept ans depuis longtemps. Et puis, je n'avais pas si envie que ça de me changer en caillou, je me sentais bien. Je ne savais pas comment je me sentais exactement, ni si j'étais mal à l'aise, fou de joie, rempli d'ennui ou décomplexé. J'étais. Point barre. Ça me faisait du bien de ne pas me poser de question. C'est sans doute parce qu'une telle félicité ne peut durer éternellement que Fatou en a posé une :

— C'est quoi cette histoire de chenilles crues, Lu ? m'a-t-elle demandé en finissant un rocher à la noix de coco qui laissait sur le dessus de ses lèvres des copeaux blancs brillants.

— Oh rien. C'est un vieux truc. Je te raconterai, ai-je dit en attrapant dans un plat derrière elle une boulette de poisson pleine d'herbes et d'aromates.

Et puis j'ai lâchement coupé court à cette discussion embarrassante en blaguant avec son petit frère qui venait de trouver derrière mes jambes la meilleure planque de la grande partie de cache-cache qui semblait en cours chez les petits.

Depuis que j'étais chez Fatou, j'avais parlé à plus de personnes qu'en un an au collège. Les invités venaient me voir comme s'ils me connaissaient déjà, ils m'appelaient Lulu en riant et en poussant les mêmes rires éclatants que Fatou, comme des rayons de soleil sortis de leur bouche et de leurs yeux. Si les gens qui prétendent que j'ai mauvais caractère avaient vu ça, ils auraient compris leur erreur. Je me sentais comme contaminé par cette bonne humeur, cette joie d'être au milieu d'autres humains, ce plaisir de partager un bon moment, de s'en réjouir et de se le dire. J'ai pensé à Croûton car si tous les gens présents étaient à ce point aimables, c'est parce qu'ils donnaient quelque chose, parce qu'ils aimaient. Sans compter et tout autour d'eux. Je connaissais maintenant tous les oncles et tantes de Fatou, sans parler de ses frères et sœurs qui m'appelaient aussi Lulu et qui n'ont pas arrêté de me suivre, de me parler, de me poser des questions sur leur sœur et moi. Je leur répondais sans aucune gêne, je leur racontais toute l'histoire qui m'avait mené jusqu'à eux et ils rigolaient comme des bossus.

À ma grande surprise, c'est moi qui suis revenu vers Fatou. Je ne me sentais pas très fier d'avoir abrégé notre début de discussion.

– Et toi, lui ai-je demandé, je peux savoir pourquoi tu aimes les garçons qui saignent du nez? C'est ton côté sadique qui ressort?

– Pas du tout, a répondu Fatou en souriant. C'est tout l'inverse du sadisme. Quand je vois un garçon qui saigne du nez, ça me le rend tout d'un coup très touchant, j'ai l'impression qu'il montre un point faible que personne ne connaît. C'est comme s'il redevenait tout enfant ou comme s'il était nu devant moi. Ça compense leur certitude d'être au-dessus de la mêlée et leur attitude de guerrier en culottes courtes. J'aime bien.

Je suis resté silencieux, mais je comprenais ce que voulait dire Fatou. Sauf que je commençais à me sentir un peu trop nu devant elle, justement.

– Pourquoi tu me demandes ça? a-t-elle continué. Tu saignes souvent du nez?

– Ah non. Non, non, pas du tout jamais, jamais pas du tout. Je te demandais ça comme ça.

J'ai bien vu qu'elle ne me croyait pas une seconde et son sourire s'est mélangé à une autre bouchée de copeaux de noix de coco.

Un peu plus tard, alors que les invités com-
mençaient à repartir chez eux tout doucement,
on est allés s'asseoir sur la première marche du
petit escalier qui donne accès à leur jardin. On a
regardé le soleil s'écraser dans les crocus et les
giroflées, on a laissé leurs parfums mêlés monter
jusqu'à nous et l'odeur de la terre envahir tout le
jardin. C'est elle qui m'a appris le nom des fleurs,
parce qu'en comparant les deux listes, on s'est dit
que ça n'avait aucune importance de ne pas aimer
les mêmes choses, que ça ne changeait rien. Je n'ai
pas osé lui parler de ce que mon père m'avait
confié sur ses débuts avec ma mère, je ne voulais
pas que Fatou croie que je voulais l'épouser.

Je lui ai parlé de Rosa, de son œuvre, de sa vie,
de sa beauté et de ce qu'elle avait aimé. Fatou
était très heureuse d'en savoir plus, et je lui ai
promis de lui présenter officiellement Rosa dès
le lundi matin.

Même s'il y a du monde autour de nous, ils
pourront dire ce qu'ils veulent. Ils pourront rire
dans notre dos, crier qu'on est amoureux parce
que c'est tout ce qu'ils trouveront à dire, et même

se moquer, je m'en fiche. Parce que quand je suis avec Fatou, comme sur les marches ce samedi-là, j'ai l'impression qu'on est dans une bulle, qu'on se suffit à nous-mêmes et que le reste du monde n'est qu'un décor de cinéma. C'est la première fois que je ressens ça.

Et j'aime bien.

Remerciements à :

*Moïse qui est super fort en salade César
et en marketing céréalier.*

*Florence et Geneviève,
qui savent transformer les Mouche en Neuf.*